HAÏTI

AUX HAÏTIENS

PAR

Louis-Joseph JANVIER,

Diplomé de l'École des Sciences politiques

***

PARIS

IMPRIMERIE A. PARENT, A. DAVY, Succ.

52, rue Madame et rue Monsieur-le-Prince, 14.

—

1884

HAÏTI

AUX HAÏTIENS

PAR

Louis-Joseph JANVIER,

Diplomé de l'École des Sciences politiques.

PARIS

IMPRIMERIE A. PARENT, A. DAVY, Succʳ.

52, rue Madame et rue Monsieur-le-Prince, 14

1884

TIBI SEMPER

Pendant la tourmente, lorsque les renieurs te crachaient au visage, — à l'heure où les indécis n'osaient souffler mot, je n'ai pas eu peur d'élever la voix en ta faveur ;

Maintenant que le calme est revenu — et pour qu'il demeure — je te supplie d'écouter encore celui qui vient ici faire son devoir

En fils pieusement reconnaissant

Louis-Joseph JANVIER.

AVERTISSEMENT.

D'abord et avant tout, je suis Haïtien. Les circonstances me forcent de me
placer ici au point de vue strictement,
égoïstement haïtien. Que ceux qui me
liront et voudront discuter ou commenter
mes opinions ne me prêtent d'autres pen-
sées que celles qui sont ici clairement
exprimées.

Que surtout « mes frères de l'autre
côté » — pour employer le mot du chro-
niqueur Ch. Desroches — qui voudront
me citer pour combattre mes idées veuil-
lent bien s'abstenir de tronquer mes
phrases ou de les isoler, afin de me
faire dire le contraire de ce que j'ai
écrit.

De toute guerre civile, une nation
doit sortir plus trempée, plus sage, plus
compacte, plus vaillante pour entendre
toutes les vérités, toutes les révélations,

Ces cinq articles devaient paraître à intervalles éloignés dans le journal : La Nation.

Le temps presse. Je les réunis. Par ces seuls mots j'explique tout : forme et fond.

Lis-Jos-Jver.

Ce 15 juin 1884.

LES GLOUTONS ET LES CANDIDES.

Les premiers sont patelins, gentils, charmants. Ils nous arrivent de tous les coins du globe ou sont rénégats d'Haïti.

A qui se donne la peine de les entendre, ils promettent monts et merveilles. L'un demande la Gonâve; l'autre a des vues sur la Tortue; celui-ci voudrait qu'on lui laissât en toute propriété le sous-sol haïtien; celui-là rêve de couvrir le pays d'usines à sucre, de chemins de fer, de digues, de canaux, de télégraphes, d'aqueducs, de ponts et de phares.

Tous, pourtant, sont gueux comme des rats d'église.

Dans leurs lettres privées ou bien encore lorsqu'ils sont entre eux, ils nous appellent un peuple de singes, soutiennent que nous ne sommes capables de rien par nous-mêmes et qu'il faut mettre l'étranger à la tête du pays.

Tel pousse l'impertinence jusqu'à offrir ses bons offices pour servir d'intermédiaire à l'effet de placer Haïti sous un protectorat étranger. Ces balivernes, ces mensonges et ces insolences nous font monter le sang à la figure.

Il nous faut prendre nos précautions; il nous faut ne rien aventurer, ne rien contracter au hasard, à l'aveuglette, dans l'ombre, à la hâte, au galop.

La dure leçon qu'on nous a donnée dans les quatre derniers mois de l'année qui vient de finir doit nous profiter. Ceux qui mangeaient à notre table la veille, ceux-mêmes qui, étant de notre race, se disaient nos frères et étaient traités comme tels, ceux-là nous ont insultés et nous ont fait le plus cruellement calomnier à l'étranger.

Ceux-là sont des frères équivoques en qui il faut avoir moins de confiance qu'en personne. Dans nos jours de bonheur ils se prétendent plus Haïtiens que nous; ils nous poussent contre les Européens afin que nous donnions tout à eux seuls, mais en nos jours de malheur leur attitude change à notre égard. Trop souvent alors, il se trouve que les Européens et les continentaux se montrent plus nos frères qu'eux.

Je mets à part les étrangers qui ont épousé nos sœurs. Ceux-là sont des demi-frères qu'il faut caresser, mais, jusqu'au jour où ils se feront naturaliser Haïtiens, raisonnablement, politiquement nous ne pouvons leur accorder qu'une demi-confiance.

A un moment donné, rien ne les empêchera, les uns et les autres, de réclamer et d'obtenir de leurs gouvernements respectifs une intervention armée en leur faveur.

C'est alors que les candides auraient à se repentir de leur candeur. Il serait trop tard.

La Gonâve est une position stratégique de première importance. Il est de la plus élémentaire des politiques qu'elle ne soit donnée à ferme qu'à des Haïtiens, exploitée que par des Haïtiens.

Il en est de même de la Tortue. Du Môle Saint Nicolas on peut faire un port-franc, une ville libre jamais.

Port franc, elle nous reste; ville libre, elle nous échappe.

Nous ne pouvons, sans honte, sans humiliation, abdiquer notre souveraineté sur aucun point du territoire; nous ne pouvons nous donner un soufflet à nous-mêmes en ayant l'air d'admettre qu'il nous est impossible de nous gouverner, que nous sommes dans l'impuissance de garantir la sécurité sur notre sol.

C'est à prendre ou à laisser : que ceux qui n'ont point confiance en nous restent chez eux.

Les candides tremblaient dans leur peau pendant la tempête. Ce sont des gloutons en leur genre, des gloutons énervés. On doit leur faire comprendre, et durement, que les intérêts sacrés de la nation priment ceux de quelques individus. Qu'ils travaillent lentement; qu'ils épargnent et qu'ils attendent.

Leur pessimisme est aveugle; leur simplesse et leur crédulité sont aussi puériles que dangereuses. Tout bien considéré, nos mines et nos carrières, les forêts de nos îles adjacentes, nous les exploiterons tout seuls, plus tard, dans la personne de nos enfants.

L'héritage que nous ont transmis les

Haïtiens d'autrefois, nous devons le garder pur de toute hypothèque, libre de tout contrat humiliant afin de le transmettre intact aux Haïtiens de l'avenir.

15 Mai 1884.

LE MOT D'ORDRE.

Autrefois la Pologne avait la rage de se confier aux étrangers, aux Russes et aux Prussiens. C'est ce qui l'a tuée.

Il y a cinquante ans l'Égypte appartenait encore aux Egyptiens.

Depuis le règne de Méhémet-Ali, les Egyptiens ont contracté une singulière maladie qu'on pourrait appeler la furie de la civilisation.

Comme le mot *libéral*, le mot *civilisation* a été tellement détourné de son sens, tellement accommodé à toutes les sauces qu'il en est devenu élastique, banal, vide de sens.

Semblables à des enfants qui voudraient devenir hommes en un jour, les Egyptiens, voulant grandir trop vite, empruntèrent beaucoup d'argent aux Européens et leur donnèrent le droit de bâtir en leur pays. Ceux-ci construisirent des jetées, des docks, des phares, des aqueducs, des écluses, des chemins de fer, élevèrent des digues et creusèrent des canaux si bien qu'un jour les Égyptiens se réveillèrent sous le bâton de l'Angleterre.

Autrefois on les fouettait au nom du Coran, mais au moins les pachas qui les dépouillaient étaient nés et vivaient au milieu d'eux, parlaient la même langue et professaient la même religion qu'eux. Aujourd'hui on a bombardé et incendié leurs villes ; ou les rançonne et on les fouette au nom de la Bible. En sont-ils plus heureux ? Au contraire. Quand cela finira-t-il ? Nul ne le sait.

L'argent extorqué aux paysans de France et d'Angleterre n'a jamais servi aux bourgeois d'Egypte, n'a jamais profité au paysan égyptien, au fellah.

Les Haïtiens n'ont que trop imité les Polonais du siècle dernier. D'aucuns voudraient les porter à imiter les Egyptiens. Je proteste.

Les Haïtiens ont plus de capitaux qu'ils ne se l'imaginent. Le tout c'est de les faire sortir, ces capitaux, des cachettes où on les tient, de dessous terre. Pour cela, il faut les rassurer en garantissant la paix, les discipliner en créant des caisses d'épargne, les utiliser par des banques populaires, des institutions de crédit purement nationales.

Savoir attendre est la suprême sagesse. Compter sur soi est la plus grande des forces.

Le paysan haïtien fera bien de ne se confier qu'à lui-même, s'il ne veut être mangé, exploité, pressuré et finalement massacré un jour par les beaux diseurs qui, accourus des quatre points cardinaux, viennent en ce moment l'encenser, le leurrer de vaines et trompeuses promesses.

Et si même le Parlement accorde des concessions de terrains pour servir à des exploitations industrielles et agricoles, ces concessions du fond de la terre doivent être faites en faveur d'Haïtiens ; et il est pour qu'il soit expressément stipulé par les contrats que, dans aucune circonstance, dans aucun cas, ces Haïtiens ne pourraient les transmettre à des étrangers. Si ces étrangers nous aiment autant qu'ils voudraient nous le faire croire, qu'ils se naturalisent Haïtiens.

Par le passé, on peut préjuger de l'avenir. On a cherché à nous humilier ; on nous dépouille et on nous pille ; on nous a mis et on nous met chaque jour le poignard sur la gorge ; on nous a menacés et on nous menace dans notre indépendance parce que nous avons une dette de quarante millions ; on a colporté partout la nouvelle que nous étions des sauvages, afin de nous mieux intimider et de nous mieux rançonner ; ceux qui nous léchaient la main chez nous nous appelaient singes en Europe.

Souviens-toi de te défier désormais, peuple haïtien. N'oublie pas l'ultimatum de Septembre et sois prudent.

La pauvreté pour soi vaut mieux que la richesse qu'on produit pour les autres.. Il n'y a que les cupides et les candides, les gloutons et les naïfs qui peuvent prétendre et croire le contraire.

Haïti aux Haïtiens ! C'est ainsi que l'entendaient nos aïeux. C'est aussi ce que veut la race noire.

19 Mai 1884.

NOS BONS AMIS.

Ils vivent au milieu de nous nombreux, petits, obséquieux et plats. Ils nous content mille louanges, nous font mille caresses. Quand nous avons besoin d'eux, ils nous glissent entre les doigts, puis nous calomnient, nous ridiculisent ou nous vilipendent le mieux qu'ils peuvent.

Tous, ils aspirent à nous dominer. Les contrats qu'ils nous présentent contiennent mille pièges et traquenards où nous nous laissons prendre.

Chaque contrat étant d'intérêt général doit être discuté par la presse, connu de tous. Le mot d'ordre doit être : Rien aux étrangers qu'à bon escient. Il est excellent de se renseigner, de choisir, afin de n'avoir pas à se repentir.

Nous n'avons pas le droit de lier les futures générations pour le plaisir de quelques bonnes âmes peu clairvoyantes, trop crédules ou trop pressées de jouir.

Sur les affaires qui peuvent motiver plus tard des interventions étrangères comme celles qui ont tué la Pologne et comme celles qui tuent en ce moment l'Egypte, les Haïtiens ont le devoir d'être sérieux.

Quand ils viendront, nos bons amis, les paroles miellées aux lèvres, nous leur dirons avec douceur mais avec fermeté : Nous voulons étudier les contrats afin de les discuter mieux. L'avenir d'un pays n'est pas chose de peu de conséquence et avec laquelle il faille plaisanter. Donnez-nous le temps. Nous trouvons dangereux de nous confier toujours à d'anciens faillis ou à des chevaliers d'industrie. Nous voulons savoir le fond des choses.

Ils laisseront au Parlement le temps de se recueillir, et au pays le temps de consulter ses enfants qui, vivant loin de lui, par lui ou pour lui et ne pensant qu'à lui, n'ignorent rien de ce qu'on dit de lui et de ce qu'on complote contre son existence.

Et ceux-ci lui crieront : Méfiez-vous

2.

des faiseurs. N'ayez confiance qu'en vous-mêmes. La terre haïtienne doit être libre. Qu'elle se peuple. Que la nation attende et grandisse lentement, comme ont attendu et grandi celles qui sont aujourd'hui les grandes nations.

Nos bons amis hurleront, injurieront et s'en iront ailleurs. On les laissera faire. Ce qu'il importe avant tout, c'est que dans Haïti autonome, indépendante, les Haïtiens soient les seuls maîtres.

Tout ce qui est contraire à cette doctrine n'est que danger ou chimère.

29 Mai 1884.

COUP DE CLAIRON.

Puisque les pessimistes et les imprévoyants, les sentimentaux et les rêveurs demandent à grands cris que le pays, se dépouillant des plus sages garanties qui assurent son indépendance, ouvre toutes larges ses portes à l'étranger ; puisque des financiers sans mandat s'en vont par le monde mendier pour Haïti un protectorat ou de l'or, il est urgent d'attirer l'attention des patriotes altruistes, des citoyens instruits et soucieux de la dignité nationale, des esprits pondérés et sagaces entièrement épris de l'honneur collectif, sur ce qui se passe actuellement aux États-Unis.

Celui en qui se résume et s'incarne la politique de Monroë, d'Adams et de Grant, M. Blaine vient d'être choisi comme candidat républicain par la Convention de Chicago, pour remplacer M. Arthur à la présidence de la Confédération Étoilée. Nul doute que le vote de Chicago ne soit ratifié, que l'élection ne devienne définitive à Washington.

M. Blaine, ancien secrétaire des Affaires Étrangères, s'est toujours montré grand prôneur de l'hégémonie des Etats-Unis sur toute l'Amérique. Son ardent désir d'intervenir dans les affaires du Pérou et du Chili força le président Arthur à se séparer de lui et à appeler à sa place M. Frelinghausen, pour diriger le département des Relations Extérieures.

Retiré du pouvoir, M. Blaine n'a jamais renié sa politique. Il l'a accentuée, l'a élargie, au contraire.

Il est l'auteur de l'article du programme républicain accepté à Chicago et qui traduit le mot de Monroë et d'Adams : *l'Amérique aux Américains*. Cet article repousse de la façon la plus formelle, la plus énergique, toute immixtion des nations européennes dans les affaires du continent américain et de ses dépendances.

En ce qui concerne Haïti, il est à craindre que le futur président américain, qui a toujours réclamé et qui réclamera le vote de forts crédits pour la marine fédérale, ne veuille reprendre immédiatement contre l'Antille indépendante la politique d'annexion du président Grant et de Frédéric Douglass.

Il est excellent de faire observer aux quelques candides qui, chaque jour, s'usent la dent contre l'article 6 de la Constitution haïtienne, il est bon qu'on fasse observer à ces imprudents qui voudraient nous faire renier, sans raison et sans précaution, l'admirable politique de notre Libérateur, que M. Blaine est très populaire parmi ses compatriotes, parce que, encore que son pays n'ait rien à redouter de l'Europe, ce politicien a fait insérer dans le programme politique de la Convention de Chicago une clause en vertu de laquelle il sera interdit aux étrangers d'acquérir des propriétés foncières dans les États de l'Union.

Selon le dire de ses électeurs, sa doctrine et la leur est la seule conforme à la doctrine que professaient les pères de l'Indépendance des États-Unis.

On a répété cent fois, partout, sur tous les tons, que l'autonomie des républiques africano-latines d'Haïti était perpétuellement menacée par leur puissante voisine anglo-saxonne.

Nous autres, Haïtiens occidentaux, nous avons pour la république fédérale toute sympathie et toute admiration, mais nous ne voulons pour rien au monde que l'île d'Haïti devienne une colonie ou même un État de la Confédération du Nord. Depuis quatre-vingts ans seulement, nous sommes les maîtres chez nous. Nous ne voulons point déroger, descendre, être ni valets, ni vassaux.

Qu'avons-nous à faire en la grave conjecture qui s'annonce?

Nous repoussons nettement toute idée de protectorat politique d'où qu'il puisse venir.

Si nous offrons des avantages politiques très considérables, des faveurs trop marquées à telle ou telle puissance, les autres se croiront haïes, lésées et nous seront hostiles. C'est par ainsi qu'il faut s'expliquer l'attitude actuelle de l'Angleterre à notre égard. Ne poussons pas plus avant les choses.

D'un autre côté, si, pour une raison ou pour une autre, les puissances autorisées laissaient rompre l'équilibre antiléen au profit des États-Unis, elles auraient implicitement renoncé aux Indes occidentales, commis une faute irréparable. Elles en seraient punies, avant cinquante ans, par la perte de leurs colonies de la mer des Caraïbes.

Un protectorat économique, si léger qu'on le puisse désirer, et d'où qu'il soit offert, serait non seulement humiliant, mais encore inefficace, dangereux et peut-être ruineux. Il ne nous tente nullement.

Ce qu'il faut faire, disons-le sans ambage. Nous devons nous replier sur nous-mêmes, nous recueillir.

Il nous faut ne conclure de traité de commerce avec personne, parce que, même s'ils stipulent en notre faveur le traitement de la nation la plus favorisée, au fond, ces traités de commerce seront onéreux pour nous et profitables aux autres.

Souvent, d'ailleurs, on s'est servi

de ces traités pour tuer l'indépendance de tel petit pays, le Cambodge, par exemple.

Ce n'est pas pour faire plaisir à notre nation que telle grande puissance commerciale, la France, par exemple, qui comprend si bien l'intérêt du plus grand nombre, qu'elle refuse de protéger ses sucres coloniaux et métropolitains aux dépens du consommateur français, irait remanier, bouleverser ses tarifs douaniers, afin de diminuer les droits à l'importation sur le café d'Haïti, étant donné surtout la quantité relativement minime de ce café qui trouve acquéreurs sur les places françaises.

On doit bien avoir présent à l'esprit que le marché français est actuellement ouvert à tous les pays de l'Univers qui produisent du café, ce qui n'était pas au xviiie siècle, puisqu'à cette époque existait le Pacte colonial, que les produits de la colonie étaient vendus tous sur les marchés de la métropole; que ces produits suffisaient alors à la consommation, laquelle était restreinte, si on la veut comparer à celle de nos jours.

Et si même Haïti obtenait pour ses cafés une réduction du tarif français, favorable en un sens, elle leur serait défavorable en un autre. Trouvant un débouché à lui ouvert dans de telles conditions, le café d'Haïti aurait moins à bénéficier de l'excitant de la concurrence.

Au lieu de s'améliorer pour redevenir le café corsé d'autrefois, le café-roi du xviii° siècle, le café nourrissant et fort qui a chauffé la moelle des philosophes de l'Encyclopédie, le cerveau des pères de la Révolution française, il serait de moins en moins soigné par son producteur, de plus en plus décrié, méprisé par son consommateur. Il serait perdu de réputation. Or, depuis l'Exposition universelle de 1878 et depuis celle qui vient de se clore à Amsterdam, le café d'Haïti commence à se refaire une renommée.

C'est la lutte qui fait le combattant. Pour que le paysan haïtien soit vite un homme complet, il faut que nous le dressions vaillant et le mettions en mesure de regarder en face tous les paysans du globe. Voilà pourquoi il faut lui apprendre à connaître ses droits et ses devoirs. C'est la bataille économique qui forcera le paysan haïtien à travailler le sol, afin que notre pays puisse mieux faire concurrence, sur ce point, au Brésil, au Vénézuéla, à la Martinique, à Ceylan et à San-Salvador.

Ici le libre-échange fera la richesse. Le monopole tuerait.

Nous ne pouvons introduire le monopole chez nous en faveur d'aucune puissance étrangère, parce que le monopole, aboli même par les métropoles les plus arriérées, serait une mesure odieuse autant que puérile, vexatoire autant que niaise ; parce qu'aujourd'hui chacun sait qu'il faut renoncer à l'absolu surtout en économie politique ; qu'il faut faire du libre-échange ou de la protection, ou des deux à la fois selon que les intérêts du pays l'exigent ; parce que, maintenant plus que jamais, le monopole est contraire à toutes les saines idées de politique démocratique et de dignité nationale ; parce que, en ce qui nous concerne directement, il tuerait notre commerce, notre agriculture, en tuant notre force d'initiative, notre expansion juvénile.

Autrefois, au xviiie siècle, la France nourrissait Haïti de son blé. Aujourd'hui, la France achète une grande partie de son blé aux États-Unis, parce que l'hectolitre de blé produit en France par le paysan français coûte 23 fr. 50, tandis que l'hectolitre de blé produit aux États-Unis par les paysans américains ne vaut que 17 francs. La marine marchande de la République fédérale transporte ce blé à bon marché : aussi le blé américain inonde les marchés d'Europe. Si Haïti devait s'approvisionner de blé français, c'est le consommateur haïtien qui aurait à souffrir de l'ineptie des législateurs qui lui auraient imposé un monopole, lequel, ici, serait véritablement insensé, monstrueux.

Il importe aussi de tenir compte de ce fait : Nous n'importons de France presque aucune denrée de première nécessité. Je mets à part les livres : denrée supérieure, plus qu'humaine. Nous en importons surtout des marchandises de luxe : toiles fines, articles de Paris, articles de toilette.

Les comestibles, salaisons, farines, qu'on consomme chez nous, nous sont fournies en très grande partie par les Etats-Unis; les grosses toiles, les tissus de coton que portent nos paysans, nos artisans, nous les achetons surtout aux Etats-Unis, en Angleterre, en Allemagne, ainsi que nos instruments aratoires.

Avec les seuls Etats-Unis, nous faisons déjà plus de la moitié de notre trafic d'importation.

Ces faits résultent de lois qui ne sont point artificielles et contre lesquelles les petites lois votées en Parlement et à l'aveuglette ne sauraient prévaloir.

Ici encore le monopole accordé à une puissance qui produirait dans de moins bonnes conditions ces choses primordiales, ces articles indispensables à l'existence du régnicole haïtien, le monopole serait fatal, désastreux pour Haïti.

Ce serait de la suprême déraison que de se défaire d'un vasselage économique pour retomber sous un autre plus onéreux, plus lourd, plus étroit.

Un pays qui se respecte ne peut sortir d'un servage économique qu'en créant chez lui des industries nationales en se fournissant lui-même de ce qu'il achetait au dehors.

C'est vers ce but qu'il faut concentrer tous nos efforts. Or, on ne passe d'une phase agricole à une phase industrielle qu'en perfectionnant son agriculture, pour s'enrichir d'abord dans une certaine mesure, puis, pour acclimater chez soi après les avoir introduites les industries étrangères.

Nul pays n'a échappé à cette évolution parce qu'elle est naturelle, nécesaire. C'est la seule qui soit raisonnable et sérieuse.

Du reste, la politique des États-Unis nous est bienveillante. Nous l'avons vu surtout durant tout le cours de l'année dernière, surtout le 23 septembre. Mais ce n'est pas une raison pour nous de nous montrer sentimentaux, de nous reprendre à l'un pour nous donner à l'autre. Faisons de la politique scientifique, de la politique des intérêts. Restons nous, d'abord.

A qui le peuple haïtien a-t-il dit qu'il abdiquait ? À qui a-t-il confié qu'il ne pourrait rien faire par lui-même ? Nos pères, il me semble, ont créé tout seuls la nation haïtienne; tout seuls, sans emprunts, ils ont payé de l'or qu'avait produit leurs sueurs le droit de vivre indépendants; ils nous ont laissé ce coin de terre afin qu'il y eût un endroit dans le globe où l'on ne peut cracher impunément à la face de la race noire. Maintenons les traditions. Puisque nous avons su naître et croître tout seuls, matériellement et intellectuellement, nous pouvons vivre et croître tout seuls, matériellement.

C'est par le cerveau que l'homme se conquiert. Nous donnons à la France le cerveau de nos enfants. Elle l'ensemence de ses idées. Il suffit. C'est à nous de faire le reste.

Il faut distinguer d'ailleurs. Il y a une grande Europe : celle qui continue Diderot, Condorcet, Grégoire, la grande Constituante et la Convention; c'est celle des philosophes, des penseurs, des émancipateurs, des aimeurs; celle de Michelet, de Schœlcher, de Pierre

Lafitte; celle-là nous dit: Nous vous émancipons le cerveau pour que vous vous mettiez un jour à la tête de la race noire. Il y en a une autre: celle des quelques petits trafiquants qui nous ont insultés ces mois derniers. Ils ont dans leurs veines tout autre sang que celui des Celtes, des Tectosages et des Burgondes; nés à côté de nous, ou chez nous, ou loin de nous, ces chasseurs du million vendraient l'univers pour se payer des filles. A la première nous donnons tout, en commençant par lui donner nos écoles; contre la seconde, si latine soit-elle, il est permis de se précautionner autant que nous nous précautionnons contre les Anglo-Saxons.

Au lieu de pleurnicher et de mendier, soyons sages, pacifiques; et produisons.

Nous devons nous garder d'affermer la Gonâve et la Tortue à des étrangers dont on n'est pas même sûr du lieu du domicile réel. Quelle que soit la nationalité à laquelle ils se disent appartenir, on ne doit pas les mettre dans ces avant-postes de notre patrie. Tel

nourrit l'espérance de nous voler la Gonâve comme on nous a pris la Navase.

Nous avons pour devoir strict de
nous arrêter sur la pente fatale des
concessions d'entreprises financières
ou industrielles à des individus qui ne
sont pas ou ne sont plus Haïtiens, qui
semblent même n'avoir une nationalité bien définie qu'au moment des
plus iniques et des plus cyniques *re-
vendications*.

Nous devons redoubler de surveil-
lance autour du Môle Saint-Nicolas.
Tout au plus, nous pouvons créer un
port franc à l'extrémité de la presqu'île
du nord-ouest; mais ce serait la plus
grande des fautes politiques que d'éri-
ger le Môle Saint-Nicolas en ville
libre. Une ville libre est un État indé-
pendant. On est prié de le savoir.
Quelle nécessité y a-t-il de créer un
État dans l'État ? Quelle raison avons-
nous d'émietter notre patrimoine na-
tional ? Et surtout de nous défaire des
meilleurs morceaux ?...

N'empruntons ni un sou ni un dou-
blon, ni aux États-Unis, ni à aucune
puissance transatlantique.

Inaugurons une politique financière purement nationale. Nous le pouvons, nous le devons. N'unifions pas nos dettes. C'est excessivement important. A côté des contributions indirectes, établissons des impots directs. Demandons les capitaux dont nous avons besoin à l'épargne haïtienne en créant des caisses d'épargne, et, par elles, des banques populaires pour les paysans et les artisans.

Montrons que nous avons foi en nous-mêmes en nous concentrant en nous. Ceux qui n'ont pas confiance n'en sauraient inspirer. Laissons dire les sceptiques et les trembleurs, mais agissons par l'élément haïtien.

Au lieu de la laisser s'énerver par le poison des lâches conseils, s'amollir dans les renoncements que préconisent les esprits véules, bandons notre fibre nationale. Ayons au cœur le vif et clair amour des interêts de la patrie. Conseillons-nous les uns aux autres la sagesse, la patience; l'abstention des oppositions mesquines et hargneuses. Dans le cours des débats des affaires publiques, mettons de côté toute amitié personnelle, toute influence de famille, tout amour propre individuel. Voyons moins le particulier, la famille ; ne voyons que l'État, la nation. Étouffons toute pensée en effaçant toute trace de guerre civile, mais préparons-nous à réprimer virilement, impitoyablement, par les moyens scientifiques toute tentative insurrectionnelle qui pourrait se produire.

La richesse est fille du crédit ; le crédit ne peut naître qu'à l'ombre de la paix, de la sécurité, de la stabilité. Ce qui fit autrefois la prospérité de Saint-Domingue, ce ne sont ni les emprunts, ni les villes libres, ni même les ports francs, ni le monopole ; le monopole au contraire empêcha cette colonie de prendre toute son extension, tout son essor ; ce qui fit cette prospérité ce fut d'abord ceci : la paix et la petite propriété, c'est-à-dire l'initiative privée, le faire-valoir direct par l'individu maître du sol, le capital personnel ; puis, plus tard, à une époque plus rapprochée de nous, la paix encore, la grande propriété et l'esclavage.

Alors que le régime des grandes

plantations était de règle, vingt-cinq
mille esclaves mouraient tous les ans,
tués par le bâton ou dans les tortures.
Sans quoi, à cette époque, on n'eût
rien produit, personne n'eût travaillé.
Il faut revenir au système de la petite
propriété aussi bien dans les monta-
gnes que dans les plaines. Dans un
pays comme le nôtre, aux points de
vue du climat et du système politique,
c'est le plus rationnel. Il faut morceler
les grandes habitations qui appartiennent à l'Etat. Avant toute chose, re-
mettons la terre dans la main du paysan. Sur ce point, n'écoutons point le
dire des rétrogrades : ici, chaque mi-
nute de retard est une faute économique et une faute politique.

Tâchons aussi de protestantiser le
pays, lui faisant ainsi subir une rapide
évolution du fétichisme vers le catholicisme, du catholicisme vers le protestantisme, aussi rapide, aussi trans-
formatrice, aussi bienfaisante que celle
qu'on vit en Suède de Gustave Wasa à
Gustave-Adolphe. Le protestant est
économe, respectueux de la loi, amou-
reux du livre, ami de la paix, riche

de vaillant espoir, de persévérance. Il compte sur soi, sait capitaliser le matériel et l'immatériel. Il supprime le carnaval, les fêtes aussi nombreuses que coûteuses et qui, fatigantes, diminuent sa force de productivité comme ouvrier ou comme père. L'argent catholique est un mythe. Les nations rêveuses, dormeuses, imaginatives, vite découragées, dépensières, sont catholiques. Elles restent pauvres ou se ruinent en peu de temps, sont tôt décadentes.

Tout ce qui négocie, cultive, fabrique, gagne, s'enrichit, prospère, est protestant.

Tous les grands philosophes le disent et l'Histoire le prouve, l'*Aide-toi et le Ciel t'aidera*, voilà la grande épée.

Par le protestantisme chacun apprendra à connaître ses droits et ses devoirs.

Voilà la politique à suivre. C'est celle des sains et des vaillants. C'est la grande, c'est la bonne, c'est la scientifique. C'est là qu'est le salut et pas ailleurs.

La nation haïtienne est prévenue.

On la menace de partout, les uns cyniquement, les autres hypocritement. On conspire, on trame, on complote contre elle, les uns au grand soleil, les autres dans l'ombre.

Ayant payé très cher son indépendance : par son sang, par son argent, par sa résignation à ne pas faiblir sous les calomnies et sous l'injure, elle doit la vouloir garder complète, absolue, entière.

Si elle veut vivre, qu'elle veille sur elle. Qu'elle veille sans trêve, nuit et jour.

Ce que nous disons ici doit demeurer incrusté dans l'âme de chaque paysan et de chaque penseur, dans le cerveau de chaque soldat et de chaque publiciste, présent à la mémoire de chaque député, de chaque ministre, de chaque sénateur.

Que le citoyen fasse son devoir afin que la nation ne livre rien au hasard. Or, c'est tout livrer au hasard, à l'inconnu, que de se désarmer ou de ne pas s'armer.

Une nation ne peut vivre autonome, ne peut grandir par elle-même que si, à toute heure, chacun de ses fils pris isolément, individuellement, en montre l'orgueilleux, le fier, l'impérieux vouloir.

10 juin 1884.

NOS ILES ADJACENTES.

Lorsqu'on vit entouré d'ennemis, d'embûches de toutes sortes, on ne saurait assez se précautionner contre les surprises.

On ignore généralement qu'aux États-Unis il existe une loi du 12 Août 1856, en vertu de laquelle toute île abandonnée devient propriété du citoyen de l'Union américaine qui l'a découverte ou qui en a pris possession.

Si cette île est riche en gisements de guano, au lieu d'être la propriété d'un ou de plusieurs citoyens, elle peut être déclarée propriété fédérale, territoire de l'Union.

Ce bill fut rendu à une époque où les îles riches en guano commençaient à attirer l'attention des Américains, lesquels avaient besoin de cet engrais pour fumer leurs terres, pour les fertiliser.

Tous les États souverains qui ont des traditions se sont toujours refusés à admettre la légitimité des prétentions cavalières formulées par les Etats-Unis. Nous, Haïtiens, nous ne nous occupons pas assez du passé et trop peu de l'avenir. Double tort. Et très grave.

L'exemple de la Navase aurait dû nous mettre sur nos gardes, nous donner l'éveil.

Alta-Vela, la Béate, la Tortue et la Gonâve sont des îles à guano.

A supposer même que, pour le moment, on n'en puisse exploiter d'immenses quantités, il serait bon, dans un but de politique conservatoire, que ces îles fussent fortement, sérieusement occupées.

L'on tient, sans raison suffisante, que la Béate et Alta-Vela ne nous appartiennent point. On fait erreur. Ces îles furent autrefois plutôt sous la dépendance française que sous celle des Espaganols alors que ceux-ci dominaient à Santo-Domingo. Depuit 1844 jusqu'à ce jour nous n'avons pas renoncé à elles. Elles sont situées presque dans notre mer territoriale, trop près de nos côtes, trop près de Jacmel pour que nous y laissions flotter tout autre drapeau que celui qui flotte à Port-au-Prince.

Ce serait sage mesure si on y fondait des colonies pénitentiaires ou de condamnés politiques qui seraient chargées de les exploiter. Elles les cultiveraient, ou tout au moins pêcheraient dans leurs eaux, afin qu'il fût bien démontré que nous les regardons comme nous appartenant.

La Gonâve masque l'entrée de là rade de Port-au-Prince, la garde, la défend. La Tortue regarde Port-de-Paix, commande la route des Débouquements et du canal du Vent.

On ne doit point oublier que quand les flibustiers s'établirent dans cette dernière île, au xviie siècle, ils ne le firent que parce qu'elle était abandonnée par les Espagnols, lesquels seuls alors pouvaient en revendiquer la légitime propriété.

Les Américains ne se sont pas gênés d'occuper la Navase, ne se gênent point de refuser de la restituer, encore qu'ils n'en puissent extraire que du guano. Maintenant qu'ils cherchent à tout prix à avoir en leur possession toutes les avenues, toutes les clefs du futur canal de Panama, ils ne reculeraient pas peut-être devant l'idée de mettre la main sur la Tortue.

Les Américains ont de singulières façons de comprendre les choses. Par une dépêche officielle qu'il adressait au cabinet de Londres à la date du 24 juin 1881, M. Blaine, alors ministre, a déjà fait savoir que le gouvernement des États-Unis se réservait seul le droit de protéger le canal interocéanique. A l'appui de la thèse qu'il soutenait, le futur occupant de la Maison-Blanche a invoqué un traité conclu en 1846 entre la Nouvelle-Grenade et la République confédérée du Nord.

L'Angleterre ayant répondu qu'elle se reposait sur les stipulations d'un traité signé en 1850 par Clayton et Bulwer lequel assure la neutralité du canal en tout temps, les Américains laissèrent nettement entendre qu'ils ne tiendraient aucun compte du traité Clayton-Bulwer et que le canal serait regardé comme faisant partie du territoire côtier des États-Unis.

Fait significatif! Enseignement à retenir.

Il serait à désirer que les Haïtiens seuls pussent être concessionnaires de la Tortue et de la Gonâve; que ces îles fussent mises immédiatement en exploitation forestière, pastorale ou agricole, afin que personne ne pût se prévaloir de leur état d'abandon relatif pour venir s'en emparer.

L'avenir n'appartient qu'aux individus ou aux nations qui savent prévoir, prévenir, agir.

15 Juin 1884.

Dr Louis-Joseph JANVIER.

TABLE

Paris. — Typ. A. PARENT, rue M.-le-Prince, 31

A. DAVY, successeur.

Paris. — Typ. A. PARENT, A, DAVY, succ',
52, rue Madame et rue N.-le-Prince, 14.

9 782013 595469